RETROUVEZ

DANS LA BIBLIOTHÈQUE ROSE

c'est pô une vie...

même pô mal...

c'est pô croyab'

c'est pô malin...

pourquoi moi ?

ZEP

titeuf

pourquoi moi ?

Adaptation : Shirley Anguerrand

H
HACHETTE

Maman me fait garder par une voisine quand elle a une course à faire ou qu'elle va chez le coiffeur, bref, des trucs de filles. Et moi j'aime pas trop ça.

Cette fois-là, ça aurait pu bien se passer si la voisine avait pô eu une fille appelée Coralie.

Elle m'a emmené direct dans sa chambre et m'a dit qu'on allait jouer ensemble, Coralie et moi.

J'étais à peine rentré que j'avais déjà compris rien qu'en voyant la déco que ça allait être l'après-midi la plus nulle de ma vie.

Le Ken de Coralie était complètement naze. Il avait même pas de pistolet laser. Coralie a dit que Ken n'en avait pas besoin parce que tout ce qu'il avait à faire c'était emmener Barbie au bal et lui dire « oh comme tu es belle, Barbie ».

Ça commençait à m'énerver.

Je savais bien que Coralie allait pô du tout aimer. C'est pour ça que je l'ai fait.

Elle a tellement pas aimé qu'elle s'est mise à faire une crise comme un bébé.

Du coup sa mère est venue voir ce qui se passait.

La mère de Coralie m'a donné une méga-baffe comme si j'avais fait un truc grave.

Je le savais que ça serait un après-midi pourri. Je veux plus jamais qu'on me laisse à garder avec une fille.

2

Maman m'a expliqué qu'elle triait mes vieux jouets pour les donner aux enfants pauvres.

Elle remplissait le carton avec des tas de voitures et plein d'autres trucs à moi sans me demander mon avis alors que, si ça se trouve, un jour j'aurai envie de rejouer avec.

Je lui ai dit que j'étais pô d'accord du tout et maman a pris son air choqué. Elle m'a dit que c'était que des jouets que j'utilisais plus alors que les enfants pauvres, eux, ils avaient que des bouts de ficelle pour s'amuser.

Elle a pô voulu m'écouter. Elle commençait à se fâcher et elle m'a dit qu'il fallait que j'apprenne à partager avec ceux qui n'ont rien. J'ai répondu que si, ils ont des bouts de ficelle mais ça avait l'air de l'énerver encore plus et je voyais bien qu'il valait mieux que je propose une solution pour la calmer.

Rien à faire. Elle continuait à remplir le carton avec mes jouets qui m'appartiennent à moi. Et puis elle a ramassé le carton des pauvres et elle est sortie de la chambre comme si j'existais pas.

J'ai dû partir à l'école avec mes livres neufs pourris.

Heureusement, j'ai retrouvé Manu dans la rue. Sa mère avait aussi rempli un carton pour les pauvres avec ses jouets à lui.

Au moins, j'avais quelqu'un qui comprenait ce que c'est que d'être démuni.

3

J'ai réussi à l'attraper par son pull et j'ai tiré pour l'obliger à s'arrêter. Mais elle tirait dans l'autre sens en me criant de la lâcher parce que ça déforme les habits. Elle croyait peut-être que j'allais me faire avoir, mais j'ai tenu bon.

On a tiré tellement fort cha-
cun de notre côté que ça a lâché
d'un coup.

J'ai bien senti que j'avais
attrapé un autre truc en même
temps que son pull mais j'ai vu
ce que c'était que quand il m'est
resté dans les mains.

Heureusement, j'ai tout de suite eu le bon réflexe...

Avec les copains, on a bien examiné le soutif. On a appris plein de trucs, par exemple que c'était élastique. Et puis on a commencé à se marrer en le mettant sur la tête de Manu.

Après, Hugo a voulu l'essayer.

C'était hyper-marrant mais ça aurait été plus drôle si Hugo avait été moins gros.

Je suis rentré à la maison avec un œil tout noir et plein de nouvelles informations importantes sur les soutifs.

Ce que j'en ai retenu surtout, c'est que, plus t'es gros, plus c'est dangereux.

4
PIERCING

Avec les copains, on se pose plein de questions sur les anneaux que les gens se mettent n'importe où.

On sait pas grand-chose à part que ça doit faire super-mal quand on te perce.

La fille du concierge s'en est enfilé un au nez. Un peu comme ceux qu'on met aux taureaux.

On se demandait aussi quelle taille avait le trou dans son nez quand elle enlevait son anneau.

Et si, quand elle était enrhumée, la morve fuyait par le trou.

Y'a même une fille à l'école dans une grande classe qui s'est fait un piercing à la langue et un à la paupière. À cause de l'anneau à la langue, elle zozote quand elle parle. On trouve déjà ça horrib', mais Marco nous a dit que sa cousine en avait un à un endroit bien pire.

On croyait avoir tout vu sur le piercing, mais un jour, au supermarché, on a croisé un type qui s'en était mis plein la figure. On pouvait pas voir à cause des habits, mais il en avait peut-être aussi sur tout le corps et même aux doigts de pieds.

C'était métalman.

En tout cas, tous ces troués auraient beau se mettre des millions d'anneaux même à l'intérieur du corps, ils seraient jamais aussi forts que Jean-Claude parce que lui, il s'est fait un piercing aux dents...

5

On avait bien choisi notre première cible, Manu et moi. C'était un gros type occupé à discuter avec une fille sûrement pour la draguer. Il était concentré sur ce qu'il lui disait et du coup, il a pas pu nous repérer.

C'était la victime idéale.

Il a ouvert des grands yeux
surpris. La fille aussi a sursauté.
Pour un premier coup, c'était
une réussite totale.

Ça nous a donné la pêche
pour trouver d'autres victimes.

On a eu une mémère en plein
derrière pendant qu'elle prome-
nait son chien.

C'était victoire sur victoire et on se marrait bien, surtout qu'on avait du matériel de pointe qui visait super-bien.

On a même réussi a éteindre la cigarette d'un type.

Il nous a repérés et il a commencé à courir vers nous, mais on avait tout prévu...

Dès qu'il est arrivé assez près, on lui a balancé la giga-giclure de sapeur-pompier.

Il a fui comme un lapin.

Quand Manu m'a dit que le gros type qu'on avait eu en premier revenait vers nous et qu'il avait pô l'air content, je me suis posté sur son passage et dès que j'ai pu, j'ai tiré sur lui à puissance maximale, mais...

J'avais tout prévu sauf de recharger...

6

LES PUNITIONS

... ET 3 DE PLUS POUR LA PUNAISE SUR LE BANC

À l'école, c'est pas les punitions qui manquent.

Tout le monde a son petit système : le prof de gym, c'est les pompes, madame Duss nous fait changer la caisse du lapin qu'on a dans la classe, et des fois, c'est franchement dégueu.

La maîtresse nous fait copier cinquante ou cent fois le même truc.

À la cantine, on nous fait éponger le carrelage. Surtout les jours de purée. Et je peux vous dire que c'est un sacré boulot.

Le concierge nous fait plutôt nettoyer les pupitres parce qu'il comprend rien à l'Art.

Un jour, on a même dû lessiver la gerbe de Vomito dans le préau sous prétexte que c'était nous qui avions mis les crottes du lapin dans son goûter.

Le prof de travaux manuels nous oblige à repeindre les portes. Même celles des toilettes...

Sa remplaçante nous fait mettre des points dans les carrés d'une feuille quadrillée. Un peu comme la bataille navale mais avec moins de suspens.

Bref, les punitions, à l'école, ils nous en donnent tous les jours et au bout d'un moment, on s'habitue.

Le plus nul, c'est pas qu'ils nous punissent, c'est qu'ils ont vraiment pô d'imagination.

7

René, c'est un peu le vieux pô drôle qui nous fait attendre des heures dans le froid pour nous montrer comment il faut skier. On a eu aussi Sophie comme monitrice. Elle nous faisait faire des bonhommes de neige pendant qu'elle fumait sa cigarette.

Des fois on a eu des moniteurs cools qui trouvaient des idées d'animation. Mais le top des monos, c'était Benoît.

Benoît, c'était un dieu du surf et il était tout le temps en train d'inventer des trucs pour nous faire marrer.

En plus il avait un super-look de surfer pas comme René avec ses bonnets pourris et sa moustache. La super-classe, quoi.

Alors quand on partait skier, tout le monde voulait aller avec lui.

Un soir, y'a eu la boum de fin de classe de neige. Pendant que les autres dansaient comme des débiles, Manu et moi on restait à côté de Benoît pour discuter entre types cools. J'étais en train de dire que les boums c'était nul et que c'était pour les filles quand j'ai été coupé au milieu de ma phrase.

Elles se sont toutes jetées sur lui comme si c'était Kevin Lover. Fallait voir ça : on aurait dit qu'il y avait une avalanche.

En fait Benoît, il était pô si cool que ça...

8

Cette fois, je l'ai bien eu, le grand Diego, parce qu'en vérité, j'avais même pô mal...

N'empêche qu'en rentrant en classe, je pensais à tout ce que je pourrais lui faire pour me venger, comme l'électrocuter avec une pile dans ma poche.

Je pouvais aussi lui faire manger un sandwich au caca de chien ou l'envoyer aux travaux forcés quand je serai devenu président.

J'ai pensé à ma vengeance toute la journée mais j'ai pas réussi à trouver un truc assez horrib' pour Diego.

J'ai fini par en parler aux copains. François a dit que le meilleur truc c'était de me répéter que Diego est un pauvre type. De la « pfycholovie », ça s'appelle. C'est Jean-Claude qui l'a dit. Comme j'avais pô d'autre idée, j'ai essayé ça.

Et ça marchait plutôt bien. Plus je pensais « Diego est un pôv' type », mieux je me sentais. Alors je l'ai répété et re-répété dans ma tête.

Je me suis tellement entraîné que quand j'ai voulu parler, c'est sorti tout seul...

Quand j'ai vu la tête furax de Diego et celles toutes blanches des copains, je me suis bien rendu compte que c'était trop tard pour me rattraper..

9

Hugo était plongé dans son magazine ouvert à une page pleine de photos de Claudia Schiffer.

Il m'a dit qu'il la trouvait super-bien et moi j'étais plutôt d'accord avec lui. Ensuite il m'a confié son projet.

C'était que quand il serait grand, il se marierait avec elle.

Je lui dit qu'il était nul parce que c'était pô possib' qu'il se marie avec elle.

Il a fait le type qui fait semblant de pas comprendre alors j'ai été obligé de lui expliquer pourquoi il avait plus de chances avec Dumbo qu'avec Claudia.

Ce naze avait même pas pensé à ça. Et il voulait rien savoir et il arrêtait pô de me traiter de menteur. Alors je lui ai dit qu'on n'avait qu'à compter ensemble pour savoir qui avait raison et il était d'accord.

Il m'a dit que Claudia Schiffer avait vingt-cinq ans.

Donc, c'était simple :

Hugo a inventé qu'il avait compté avant moi et qu'il avait trouvé que Claudia aurait trente ans quand il se marierait avec.

Il s'est lancé dans des explications complètement déglinguées avec des calculs pas possib' et c'était tout faux. Il savait bien que j'avais raison. C'est pour ça qu'il s'est énervé.

Moi aussi, il m'énervait à insister comme ça.

Alors je lui ai crié ses quatre vérités que de toute façon Claudia voudrait jamais l'épouser.

10

Le prof de gym s'amusait à envoyer le ballon sur les filles en faisant exprès de les rater.

Il jouait surtout avec Nadia qui riait comme si c'était drôle alors qu'il y avait vraiment pô de quoi se tordre en quatre sur le terrain de sport.

Leur petit jeu durait comme ça depuis un bon moment et moi ça commençait sérieusement à me chauffer les baskets.

Il était ridicule à faire l'imbécile avec son ballon pour impressionner les filles.

Le plus ridicule c'est que ça amusait Nadia. Je me demandait ce qu'elle pouvait bien lui trouver à ce vieux gaga débile et je savais pas trop quoi faire pour arrêter toute cette comédie. Alors Manu m'a conseillé de faire pareil.

Finalement ce vieux naze de prof de gym de rien du tout a arrêté son jeu idiot pour qu'on fasse une partie tous ensemble.

C'était le moment pour moi d'en profiter. J'ai couru dans tous les sens pour attraper le ballon et après dans tous les autres sens pour me rapprocher de Nadia. Et j'ai tiré.

Allez savoir pourquoi, avec ce nul de prof Nadia riait comme une baleine et avec moi elle s'est assise par terre en pleurant comme une otarie.

Le prof avait très bien vu que j'avais joué comme lui et il m'a envoyé m'asseoir sur le banc jusqu'à la fin du cours de gym.

11

Avec Manu, pour se marrer, on s'enferme dans les toilettes de l'école et on attend que quelqu'un entre dans les toilettes d'à côté. Dès que quelqu'un arrive, notre jeu, c'est de se retenir de rigoler en écoutant les bruits. Cette fois-là, on a eu droit à un vrai concert.

On essayait de s'empêcher d'éclater de rire, mais dès le début on a eu du mal à se retenir.

En plus, ça résonne vachement dans les toilettes.

Et là, on avait vraiment droit au grand jeu. On se demandait même si c'était pas un éléphant.

On a frôlé plusieurs fois la catastrophe en manquant d'exploser de rire.

Et puis, à la fin j'ai craqué...

... et j'ai été obligé de sortir à

toute vitesse pour ne pas perdre.

Mais à peine j'avais ouvert la porte...

Nadia. Elle allait entrer dans les toilettes et je voyais bien qu'elle avait tout entendu et qu'elle croyait que c'était moi.

Elle m'a seulement dit :

« T'en fais un bruit... On t'entend jusque dans le couloir ! »

Et elle s'est enfermée dans les toilettes sans que j'aie le temps de me défendre.

12

Maman m'avait imposé la honte des hontes des sandales à doigts de pieds apparents soit disant parce qu'il faisait chaud et que je me sentirais mieux.

Je me sentais pô mieux du tout et même plutôt très mal.

En partant pour l'école, je rasais les murs, défiguré des pieds. Ce que je craignais, c'était de croiser quelqu'un que je connaissais. Je suis passé le plus discrètement possible devant la porte de Nadia.

Le pire du pire c'était d'être vu avec ces sandales par tous mes copains. Et c'est exactement ce qui m'attendait. Il me restait plus qu'à prier.

En entrant dans la cour, j'ai voulu anticiper en disant à Hugo que je me foutais de ce qu'ils allaient tous dire mais il m'a pas laissé finir ma phrase. Il m'a montré Jean-Claude en pouffant de rire.

Le méga-casque de Jean-Claude était tellement horrible que, du coup, personne n'a pensé à me regarder les pieds.

J'étais sauvé.

Ça doit être un rigolo, Dieu, pour faire des miracles pareils...

13

Nadia venait de terminer son classement et on attendait tous de savoir quelle place on avait.

Hugo a commencé à le lire.

À la première place, elle avait mis Marco.

Pierre venait en deuxième et le troisième c'était Hugo.

Hugo ! Avant moi ! Et y'avait pas que lui ! Quand j'ai su ma place, j'en croyais pas mes oreilles...

J'étais sûr qu'elle s'était trompée. Hugo disait que non, mais c'est parce qu'il était numéro 3.

J'ai essayé de lui dire que c'était forcément truqué puisque Nadia avait même mis François avant moi. François m'a demandé pourquoi, alors je lui ai dit de se regarder et j'ai ajouté qu'en plus il avait des lunettes. François a pas aimé mon explication.

Je me suis battu avec François, mais j'avais beau lui taper dessus, ça a rien changé au classement de Nadia.

En plus François m'a aussi tapé dessus et quand on est partis de l'école avec Manu, j'avais un œil au beurre noir et la méga-haine.

Manu, lui, il avait l'air de s'en foutre complètement d'être que dixième. Tout ce qu'il a trouvé à me dire pour changer de sujet c'est :

« T'as ton œil qui enfle. »

Il manquait plus que ça...

14

Manu était venu regarder la
télé à la maison. Les parents
étaient sortis et on était tous les
deux tranquillement installés
sur le canapé en regardant un
film de l'espace et en mangeant
des barres chocolatées. Je sais
plus à quel moment du film j'ai
levé le bras.

Ma barre chocolatée s'est écrasée sur le mur derrière moi en laissant une grosse trace fondue sur la tapisserie toute neuve. Par réflexe, je l'ai frottée pour faire partir la tache.

On a couru tout droit à la cuisine chercher un produit dans les placards.

Y'avait tout un tas de bouteilles avec écrit dessus « Javel » ou « amoniaque » et on n'y connaissait rien. Finalement Manu a trouvé une bouteille marquée « arachide » et il a dit que ça devait sûrement arracher les taches. On est retournés au salon frotter la tapisserie avec.

On savait plus quoi faire pour enlever la tache et Manu a dit que plutôt que de la retirer, on allait la cacher. Alors j'ai dessiné une grosse fleur sur du papier en couleur, je l'ai découpée et on l'a collée juste sur la tache.

Manu était d'accord que la fleur cachait super-bien la tache, mais qu'une grosse fleur toute seule au milieu du mur, ça faisait quand même bizarre.

On a réglé le problème comme des vrais professionnels à toute vitesse avant que les parents reviennent.

Table

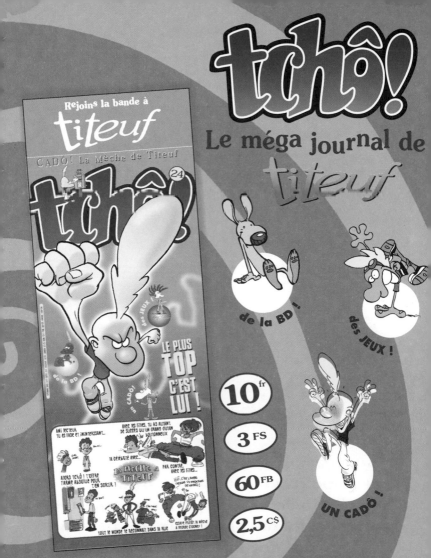

par l'auteur de *titeuf*
découvre vite

Superprout, Superpadetête et leurs supercopains vous entraînent dans leurs superhistoires. Un superlivre pour tout le monde, même pour ceux qui ne lisent pas encore superbien.

11€ ttc France

HACHETTE
Jeunesse

Imprimé en France par *Partenaires-Livres* ®
N° dépôt légal : 36975 – août 2003
20.20.0655.09/9   ISBN : 2.01.200655.8

Loi n° 49-956 du 16 juillet 1949
sur les publications destinées à la jeunesse